www.ingramcontent.com/pod-product-compliance
Lightning Source LLC
LaVergne TN
LVHW010419070526
838199LV00064B/5347
9789358721560

شیخ سعدی کی کہانیاں

(حصہ: 1)

مرتبہ:

اعجاز عبید

© Taemeer Publications LLC
Shaikh Saa'dii ki KahaniyaaN : Part-1
by: Aijaz Ubaid
Edition: April '2024
Publisher :
Taemeer Publications LLC (Michigan, USA / Hyderabad, India)

ISBN 978-93-5872-156-0
9 789358 721560

مصنف یا ناشر کی پیشگی اجازت کے بغیر اس کتاب کا کوئی بھی حصہ کسی بھی شکل میں بشمول ویب سائٹ پر اَپ لوڈنگ کے لیے استعمال نہ کیا جائے۔ نیز اس کتاب پر کسی بھی قسم کے تنازع کو نمٹانے کا اختیار صرف حیدرآباد (تلنگانہ) کی عدلیہ کو ہو گا۔

© تعمیر پبلی کیشنز

کتاب	:	**شیخ سعدی کی کہانیاں** (حصہ: 1)
جمع، ترتیب و تدوین	:	**اعجاز عبید**
صنف	:	فکشن
ناشر	:	تعمیر پبلی کیشنز (حیدرآباد، انڈیا)
سالِ اشاعت	:	۲۰۲۴ء
صفحات	:	۴۰
سرورق ڈیزائن	:	تعمیر ویب ڈیزائن

بادشاہ اور قیدی

کہتے ہیں۔ ایک بادشاہ کی عدالت میں کسی ملزم کو پیش کیا گیا۔ بادشاہ نے مقدمہ سننے کے بعد اشارہ کیا کہ اسے قتل کر دیا جائے۔ بادشاہ کے حکم پر پیادے اسے قتل گاہ کی طرف لے چلے تو اس نے بادشاہ کو بُرا بھلا کہنا شروع کر دیا کسی شخص کے لیے بڑی سے بڑی سزا یہی ہو سکتی ہے کہ اسے قتل کر دیا جائے اور چونکہ اس شخص کو یہ سزا سنائی جا چکی تھی اس لیے اس کے دل سے یہ خوف دور ہو گیا تھا کہ بادشاہ ناراض ہو کر درپے آزار ہو گا۔

بادشاہ نے یہ دیکھا کہ قیدی کچھ کہہ رہا ہے تو اس نے اپنے وزیر سے پوچھا "یہ کیا کہہ رہا ہے؟" بادشاہ کا یہ وزیر بہت نیک دل تھا اس نے سوچا، اگر ٹھیک بات بتا دی جائے تو بادشاہ غصّے سے دیوانہ ہو جائے گا اور ہو سکتا ہے قتل کرانے سے پہلے قیدی کو اور عذاب میں مبتلا کرے۔ اس نے جواب دیا جناب یہ کہہ رہا ہے کہ اللہ پاک ان لوگوں کو پسند کرتا ہے۔ جو غصے کو ضبط کر لیتے ہیں اور لوگوں کے ساتھ بھلائی کرتے ہیں"۔

وزیر کی بات سن کر بادشاہ مسکرایا اور اس نے حکم دیا کہ اس شخص کو آزاد کر دیا جائے۔

بادشاہ کا ایک اور وزیر پہلے وزیر کا مخالف اور تنگ دل تھا وہ خیر خواہی جتانے کے انداز میں بولا "یہ بات ہرگز مناسب نہیں ہے کہ کسی بادشاہ کے وزیر اسے دھوکے میں

رکھیں اور سچ کے سوا کچھ اور زبان پر لائیں اور سچ یہ ہے کہ قیدی حضور کی شان میں گستاخی کر رہا تھا۔ غصہ ضبط کرنے اور بھلائی سے پیش آنے کی بات نہ کر رہا تھا"۔

وزیر کی یہ بات سن کر نیک دل بادشاہ نے کہا" اے وزیر! تیرے اس سچ سے جس کی بنیاد بغض اور کینے پر ہے، تیرے بھائی کی غلط بیانی بہتر ہے کہ اس سے ایک شخص کی جان بچ گئی۔ یاد رکھ! اس سچ سے جس سے کوئی فساد پھیلتا ہو، ایسا جھوٹ بہتر ہے جس سے کوئی برائی دور ہونے کی امید ہوئے

وہ سچ جو فساد کا سبب ہو بہتر ہے نہ وہ زباں پہ آئے
اچھا ہے وہ کذب ایسے سچ سے جو آگ فساد کی بجھائے

حاسد وزیر بادشاہ کی یہ بات سن کر بہت شرمندہ ہوا۔ بادشاہ نے قیدی کو آزاد کر دینے کا فیصلہ بحال رکھا اور اپنے وزیروں کو نصیحت کی کہ بادشاہ ہمیشہ اپنے وزیروں کے مشورے پر عمل کرتے ہیں۔ وزیروں کا فرض ہے کہ وہ ایسی کوئی بات زبان سے نہ نکالیں جس میں کوئی بھلائی نہ ہو۔ اس نے مزید کہا

"یہ دنیاوی زندگی بہرحال ختم ہونے والی ہے۔ کوئی بادشاہ ہو یا فقیر، سب کا انجام موت ہے۔ اس بات سے کوئی فرق نہیں پڑتا کہ کسی شخص کی روح تخت پر قبض کی جاتی ہے یا فرش خاک پر"۔

وضاحت

حضرت سعدیؒ کی یہ حکایت پڑھ کر سطحی سوچ رکھنے والے لوگ یہ نتیجہ اخذ کر لیتے ہیں کہ مصلحت کے لیے جھوٹ بولنا جائز ہے۔ لیکن یہ نتیجہ نکالنا درست نہیں۔ حکایت کی اصل روح یہ ہے کہ خلق خدا کی بھلائی کا جذبہ انسان کے تمام جذبوں پر غالب رہنا چاہیے

اور جب یہ اعلیٰ د ارفع مقصد سامنے ہو تو مصلحت کے مطابق روّیہ اختیار کرنے میں مضائقہ نہیں۔ جیسے جراح کو یہ اجازت ہے کہ فاسد مواد خارج کرنے کے لیے اپنا نشتر استعمال کرے۔ کسی انسان کے جسم کو نشتر سے کاٹنا بذات خود کوئی اچھی بات ہر گز نہیں ہے لیکن جب جرّاح یہ عمل کرتا ہے تو اسے اس کی قابلیت سمجھا جاتا ہے۔

***

بادشاہ کا غصہ

بیان کیا جاتا ہے کہ ایک بادشاہ کسی بات پر اپنے وزیر سے ناراض ہو گیا اور اس نے اسے اس کے عہدے سے ہٹا دیا۔ وزیر بہت دانا نیک دل تھا بادشاہ کے دربار سے نکل کر وہ اللہ والوں کی مجلس میں شامل ہو گیا اور ان نیک لوگوں کی صحبت میں اسے ایسی خوشی اور ایسا اطمینان ملا جو پہلے کبھی حاصل نہ ہوا تھا۔

بادشاہ نے کچھ دن بعد محسوس کیا کہ جس وزیر کو اس نے معزول کیا ہے وہ تو اس عہدے کے لیے بہت موزوں تھا۔ سچا اور وفادار ہونے کے ساتھ وہ ایسا عقل مند تھا کہ اس کا مشورہ ہمیشہ مفید ثابت ہوتا تھا۔ چنانچہ اس نے وزیر سے کہا کہ وہ اپنی کرسی پھر سنبھال لے اور سلطنت کے معزز عہدے دار کی حیثیت سے خدمات انجام دے

وزیر نے جواب دیا کہ حضور والا، سلطنت کے کاروبار میں مشغول ہونے کے مقابلے میں میرے لیے معزول رہنا زیادہ اچھا ہے۔ اب میں ہر طرح آرام میں ہوں کتوں جیسی فطرت رکھنے والے لوگوں کی شرارتوں سے مجھے نجات مل گئی ہے اور خدا کے فضل سے میرا وقت بہت اچھا گزار رہا ہے۔

بادشاہ نے بہت زور دیا لیکن اس نے وزارت کا عہدہ قبول نہ کیا

ہما کو یوں شرف حاصل ہوا سارے پرندوں پر
گزر اوقات کرتا ہے پرانی ہڈیاں کھا کر
قناعت نے عطا کی ہے اسے خوئے جہانداری
معزز ہے وہی بس جس کا شیوہ ہو کم آزادی

وضاحت

حضرت سعدی رحمۃ اللہ علیہ نے اس حکایت میں یہ بات بتائی ہے کہ انسان کو سچی راحت اس وقت حاصل ہوتی ہے جب وہ اپنے دل کو لالچ اور حرص جیسی برائیوں سے پاک کر لیتا ہے یہ مقام حاصل ہو جائے تو دولت اور عہدوں کے لیے مارے مارے پھرنے کی ضرورت نہیں رہتی بلکہ یہ چیزیں بغیر طلب کے اس کے قدموں میں آ گرتی ہیں۔

***

بادشاہ کا خواب

بیان کیا جاتا ہے، ملک خراسان کے ایک بادشاہ نے سلطان محمود کو سبکتگین کو خواب میں اس حالت میں دیکھا کہ وہ قبر میں پڑا ہے۔ اور اس کا پورا وجود گل سڑ کر خاک میں مل چکا ہے۔ لیکن حلقہ ہائے چشم میں اس کی آنکھیں سلامت ہیں اور وہ زندہ انسانوں کی آنکھوں کی طرح ادھر اُدھر دیکھ رہی ہیں۔

یہ عجیب خواب دیکھ کر بادشاہ بیدار ہوا تو اس نے اپنے امیروں اور وزیروں سے اس کی تعبیر پوچھی سب نے عجز کا اظہار کیا۔ اسی دوران میں ایک درویش بادشاہ کے دربار میں آیا اور اس نے کہا۔ اس خواب کی تعبیر یہ ہے کہ سلطان محمود سبکتگین اس بات کو

حیران ہو کر دیکھ رہا ہے کہ جو سلطنت اس نے بہت تگ دور کے بعد حاصل کی تھی، اب اس پر غیر قابض ہو گئے ہیں۔

کتنے ہی نامدار زمیں میں سما گئے دنیا میں آج ایک بھی ان کا نشاں بنیں
جو لاش قبر میں گئی گل سڑ کے مٹ گئی اپنے حقیقی روپ میں استخواں نہیں
البتہ عدل سے رہا نوشیر واں کا نام گو بزم ہست و نابود میں نوشیر واں نہیں
لازم ہے اس سے پہلے کرے کوئی نیک کام جب لوگ یہ کہیں گے جہاں میں فلاں نہیں

وضاحت

حضرت سعدیؒ نے اس حکایت میں جمال و جاہ رکھنے والے لوگوں کو ان کے انجام سے آگاہ کیا ہے۔ انسان کیسا بھی اقتدار حاصل کر لے ایک دن موت اسے قبر کی تاریکیوں میں اتار دیتی ہے۔ البتہ اگر اس نے نیک عمل کیے ہوں تو اسے حیات جاودانی حاصل ہو جاتی ہے۔ جیسے نوشیر واں عادل کو اس کی انصاف پروری کے باعث ناموری حاصل ہوئی کہ قیامت تک اس کا ذکر بھلائی سے کیا جائے گا۔

***

بے تدبیر بادشاہ

کہتے ہیں، پچھلے زمانے میں ایک بادشاہ نہ اپنے ملک کے انتظام والنصرام کی طرف توجہ دیتا تھا اور نہ لشکریوں کی دلجوئی اور خبر گیری کرتا تھا۔ چنانچہ نتیجہ اس کا یہ تھا کہ رعایا بد دل اور سپاہی خستہ حال تھے۔ ظاہر ہے ایسی باتیں دشمنوں سے چھپی نہیں رہتیں۔

بادشاہ کے ایک حریف نے ان حالات سے فائدہ اٹھانا چاہا اور اس کے ملک پر حملہ کر دیا۔ یہ بادشاہ اپنی فوج آراستہ کر کے مقابلے پر آیا۔ پہلی ہی جھڑپ میں اس کے سپاہیوں کی بہت بڑی تعداد اس کا ساتھ چھوڑ گئی۔ کتنے ہی سپاہی اور افسر دشمن سے جا ملے۔

سعدیؒ فرماتے ہیں کہ جن لوگوں نے غداری اور بے وفائی کی تھی ان میں سے ایک شخص میرا واقف تھا۔ وہ مجھے ملا تو میں نے ملامت کی کہ اے شخص، یہ بات تو شرافت اور مردانگی کے خلاف ہے کہ تو اس بادشاہ کو چھوڑ کر جس کا تو نے نمک کھایا ہے اور جس کے سائے میں اتنا عرصہ اطمینان اور امن کی زندگی بسر کی ہے، اس کے دشمن سے جا ملا ہے۔

اس شخص نے میری بات سن کر کہا، بے شک یہ فعل پسندیدہ نہیں لیکن انصاف شرط ہے۔ میں نے ایسی حالت میں بادشاہ کا ساتھ چھوڑا ہے کہ میرا گھوڑا بھوکا اور زین کا نمدہ گروی رکھا ہوا تھا۔ تم ہی بتاؤ ایسی حالت میں میں کیا کرتا ہے۔

جو محبوب ہو دولت و عزو جاہ کرے فوج کو مطمئن بادشاہ
سپاہی اگر ہوں پریشان حال تو چستی سے تلوار اٹھے نہ ڈھال

وضاحت

سعدیؒ نے اس حکایت میں جہاندانی کا یہ زرّین اصول بتایا ہے کہ ملک میں امن و امان کی فضا پیدا کرنے اور آزادی کی حفاظت کرنے کے لیے یہ بات ضروری ہے کہ اپنے لشکریوں کی مالی حالات اچھی رکھی جائے اور حکمران اپنے سپاہیوں کو روپے سے زیادہ عزیز رکھے۔ تنگ دستی اور غربت ایسی بری چیز ہے کہ انتہائی نیک نیت اور وفادار لوگوں کو بھی مختلف انداز میں سوچنے پر مجبور کر دیتی ہے۔

٭ ٭ ٭

بیوقوف بادشاہ

کہتے ہیں، ایک بادشاہ رعیت کی نگہداری سے بے پرواہ اور بے انصافی اور ظلم پر دلیر تھا اور ان دونوں باتوں کا یہ نتیجہ بر آمد ہو رہا تھا کہ اس کے ملک کے لوگ اپنے گھر بار اور کاروبار چھوڑ کر دوسرے ملکوں کی طرف ہجرت کر رہے تھے۔

ایک دن یہ کم فہم اور ظالم بادشاہ اپنے دربار میں عہدے داروں اور ندیموں کے درمیان بیٹھا فردوسی کی مشہور رزمیہ نظم شاہنامہ سن رہا تھا۔ بادشاہ ضحاک اور فریدوں کا ذکر آیا تو اس نے اپنے وزیر سے سوال کیا کہ آخر ایسا کیوں ہوا کہ ضحاک جیسا بڑا بادشاہ اپنی سلطنت گنوا بیٹھا۔ اور فریدوں ایک بڑا بادشاہ بن گیا۔ جب کہ اس کے پاس نہ لاؤ لشکر تھا اور نہ بڑا خزانہ؟

اس کا وزیر بہت دانا تھا۔ اس نے ادب سے جواب دیا کہ حضور والا اس کی وجہ یہ تھی کہ فریدوں خلق خدا کا بہی خواہ اور ضحاک لوگوں کے حقوق ادا کرنے کی طرف سے بے پرواہ تھا نتیجہ یہ ہوا کہ لوگ ضحاک کو چھوڑ کر فریدوں کے جھنڈے تلے جمع ہو گئے اور وہ بادشاہ بن گیا۔ بادشاہی لشکر اور عوام کی مدد سے ہی حاصل ہوتی ہے۔ پھر وزیر نے بادشاہ کو نصیحت کی کہ سلطنت قائم رکھنے کے لیے ضروری ہے کہ حضور اپنا رویّہ بدلیں۔ لوگوں کو پریشان اور ہراساں کرنے کی جگہ ان کے ساتھ اچھا برتاؤ کریں۔ احسان اور انصاف کرنے سے بادشاہ کی محبت دلوں میں پیدا ہوتی ہے۔ فوج کے سپاہی وفادار اور جاں نثار بن جاتے ہیں۔

یہ باتیں خیر خواہی کے جذبے سے کہی گئی تھیں لیکن بادشاہ وزیر سے ناراض ہو گیا اور اسے جیل خانے بھجوا دیا۔ اس نے اپنا رویّہ بدلنے کی ضرورت محسوس نہ کی۔ کچھ ہی

دن بعد، کرنا خدا کا کیا ہوا کہ بادشاہ کے بھائی بھتیجوں نے اس کے خلاف بغاوت کر دی اور رعایا ان کی طرف دار ہو گئی۔ کیونکہ ہر شخص بے تدبیر بادشاہ کے ظلم سے پریشان تھا۔

سلطنت اور ظلم یک جا ہو نہیں سکتے کبھی
بھیڑیا بھیڑوں کی رکھوالی پہ کب رکھا گیا
ظلم سفاکی پہ جو حاکم بھی ہو جائے دلیر
جان لو قصر حکومت اس نے خود ہی ڈھا دیا

وضاحت

حضرت سعدیؒ نے اس حکایت میں جہاندانی کا یہ زرین اصول بیان کیا ہے کہ بادشاہ کی اصل قوت رعایا کی خیر خواہی اور محبت ہے اور یہ قوت احسان اور انصاف کے ذریعے حاصل ہو سکتی ہے۔ بصورت دیگر انتہائی قریب کے لوگ بھی مخالف بن جاتے ہیں۔ اور ظلم اور بے انصافی پر دلیر ہو جانے والا حاکم تنہا رہ جاتا ہے ایسی حالت میں اس کے دشمن اسے آسانی سے ختم کر دیتے ہیں

***

بزدل غلام

بیان کیا جاتا ہے کہ ایک بادشاہ کشتی میں بیٹھ کر دریا کی سیر کر رہا تھا۔ کچھ درباری اور چند غلام بھی ساتھ تھے۔ ان میں ایک غلام ایسا تھا جو پہلے کبھی کشتی میں نہ بیٹھا تھا اس لیے وہ بہت خوفزدہ تھا اور ڈوب جانے کے خوف سے رو رہا تھا۔ بادشاہ کو اس کا اس طرح رونا اور خوف زدہ ہونا بہت ناگوار گزر رہا تھا لیکن غلام پر منع کرنے اور ڈانٹنے ڈپٹنے کا بالکل اثر

نہ ہوتا تھا۔

کشتی میں ایک جہاندیدہ اور دانا شخص بھی سوار تھا۔ اس نے غلام کی یہ حالت دیکھی تو بادشاہ سے کہا کہ اگر حضور اجازت دیں تو یہ خادم اس خوفزدہ غلام کا ڈر دور کر دے؟ بادشاہ نے فوراً اجازت دے دی اور دانشمند شخص نے غلاموں کو حکم دیا کہ اس شخص کو اٹھا کر دریا میں پھینک دو۔

غلاموں نے حکم کی تعمیل کی اور رونے والے غلام کو اٹھا کر دریا کے اندر پھینک دیا۔ جب وہ تین چار غوطے کھا چکا تو دانا شخص نے غلاموں سے کہا کہ اب اسے دریا سے نکالا کر کشتی میں سوار کر لو۔ چنانچہ غلاموں نے اس کے سر کے بال پکڑ کر کشتی میں گھسیٹ لیا اور وہ غلام جو ذرا دیر پہلے ڈوب جانے کے خوف سے بڑی طرح رو رہا تھا بالکل خاموش اور پر سکون ہو کر ایک طرف بیٹھ گیا۔

بادشاہ نے حیران ہو کر سوال کیا کہ آخر اس بات میں کیا بھلائی تھی کہ تم نے ایک ڈرے ہوئے شخص کو دریا میں پھنکوا دیا تھا اور مزید حیرت کی بات یہ ہے کہ یہ اب خاموش بھی ہو گیا ہے؟

دانا شخص نے جواب دیا حضور والا! اصل بات یہ تھی کہ اس نے کبھی دریا میں غوطے کھانے کی تکلیف نہ اٹھائی تھی۔ اس طرح اس کے دل میں اس آرام کی کوئی قدر نہ تھی جو اسے کشتی کے اندر حاصل تھا۔ اب ان دونوں کی حقیقت اس پر روشن ہو گئی اور خاموش ہو گیا۔

جس نے دیکھی نہ ہو کوئی تکلیف قدر آرام کی وہ کیا جانے
نعمتوں سے بھرا ہو جس کا پیٹ جو کی روٹی کو کب غذا مانے

وضاحت

حضرت سعدیؒ نے اس حکایت میں انسان کی یہ نفساتی کیفیت بیان فرمائی ہے کہ جس شخص نے کبھی تکلیف دیکھی ہی نہ ہو وہ اس کی قدر و قیمت سے آگاہ نہیں ہو تا جو اسے حاصل ہے۔ اس کے علاوہ ایسا شخص جسارت اور قوت برداشت سے بھی محروم ہوتا ہے۔ مسرت اور کامیاب زندگی وہی شخص گزار سکتا ہے جو رنج و راحت دونوں سے بخوبی آگاہ ہو

* * *

فتح کی خوشخبری

کہتے ہیں۔ ملک عرب کا ایک بادشاہ بڑھاپے کی عمر کو پہنچ گیا تھا۔ اسی زمانے میں اسے ایک سخت مرض نے آپکڑا جس کے باعث وہ اپنی زندگی سے مایوس ہو گیا اور یہ تمنّا کرنے لگا کہ موت کا فرشتہ جلد آئے اور اسے ان تکلیفوں سے چھڑوا لے۔

انھی ایام میں میدان جنگ سے ایک سپاہی نے اس کی خدمت میں حاضر ہو کر اسے یہ خوشخبری سنائی کہ حضور کے اقبال کی یاوری سے ہماری فوج نے دشمن کو شکست دے کر فلاں علاقے پر قبضہ کر لیا اور اس علاقے کے باشندے سچے دل سے حضور کے فرمانبردار بن گئے۔

بادشاہ نے یہ خوشخبری افسردہ ہو کر سنی اور پھر آہ کھینچ کر بولا، یہ خوشخبری میرے لیے نہیں بلکہ میرے دشمنوں کے لیے ہے۔ یعنی ان کے لیے جو میری جگہ زمام اقتدار سنبھالنے کے لیے میرے مرنے کی دعائیں مانگ رہے ہیں۔

تمام عمر اس امید میں گزاری ہے
کبھی تو پورا میرے دل کا مدّعا ہو گا
ہوئی ہے آج اگر آرزو میری پوری
تو دیکھتا ہوں کہ یہ ساز بے صدا ہو گا

وضاحت

حضرت سعدیؒ نے اس حکایت میں انسان کو اس کی آرزوؤں کے انجام سے آگاہ کیا ہے۔ انسان کیسا بھی صاحب اقتدار بن جائے اس کا انجام فنا ہے۔ موت مقررہ وقت پر اس کے دروازے پر دستک دے گئی اور اسے اپنا تمام سازو سامان چھوڑ کر اس دنیا سے رخصت ہونا پڑے گا اور اس وقت وہ محسوس کرے گا کہ جن آرزوؤں اور تمنّاؤں کو اس نے زندگی کا مقصد وحید بنا لیا تھا ان کی حیثیت کم قیمت کھلونوں سے زیادہ نہیں۔

٭٭٭

فضول خرچ فقیر

کہتے ہیں، ایک بادشاہ اپنے مصاحبوں کے درمیان خوش و خرم بیٹھا اس مطلب کے شعر پڑھ رہا تھا کہ آج دنیا میں مجھ جیسا خوش بخت کوئی نہیں، کیونکہ مجھے کسی طرف سے کوئی فکر نہیں ہے۔ اتفاقاً ایک ننگ دھڑنگ فقیر اس طرف سے گزرا۔ وہ بادشاہ کی آواز سن کر رک گیا اور اونچی آواز میں اس مطلب کا شعر پڑھا کہ اے بادشاہ اگر خدا نے تجھے ہر طرح کی نعمتیں بخشی ہیں اور کسی قسم کا غم تجھے نہیں ستاتا تو کیا تجھے میرا غم بھی نہیں ہے

کہ تیرے ملک میں رہتا ہوں اور ایسی خراب حالت میں زندگی گزار رہا ہوں؟

بادشاہ نے فقیر کی آواز سنی تو اس کی طرف متوجہ ہوا اور اس کی حالت سے آگاہ ہو کر کہا کہ سائیں جی، دامن پھیلایئے۔ ہم آپ کو کچھ اشرفیاں دینا چاہتے ہیں۔ بادشاہ کی یہ بات سن کر فقیر نے کہا کہ بابا، میں تو دامن بھی نہیں رکھتا۔ بادشاہ کو اس پر اور رحم آیا اور اس نے اسے اشرفیوں کے ساتھ بہت عمدہ لباس بھی بخشا۔ فقیر یہ چیزیں لے کر چلا گیا اور چونکہ یہ مال اسے بالکل آسانی سے مل گیا تھا اس لیے ساری اشرفیاں چند ہی دن میں خرچ کر ڈالیں اور پھر بادشاہ کے محل کے سامنے جا کر صدا لگائی۔

بادشاہ نے فقیر کی آواز سنی تو اسے بہت غصہ آیا۔ حکم دیا کہ اسے بھگا دیا جائے۔ یہ شخص بہت فضول خرچ ہے۔ اس نے اتنی بڑی رقم اتنی جلدی ختم کر دی۔ اس کی مثال تو چھلنی کی سی ہے جس میں پانی نہیں ٹھہر سکتا۔ جو شخص فضول کاموں میں روپیہ خرچ کرتا ہے وہ سچی راحت نہیں پا سکتا

جو شخص دن میں جلاتا ہے شمع کافوری
نہ ہو گا اس کے چراغوں میں تیل رات کے وقت

بادشاہ کا ایک وزیر بہت دانا اور غریبوں کا ہمدرد تھا۔ اس نے بادشاہ کی یہ بات سنی تو ادب سے کہا کہ حضور والا نے بالکل بجا فرمایا ہے اس نادان نے فضول خرچی کی ہے۔ ایسے لوگوں کو تو بس ان کی ضرورت کے مطابق امداد دینی چاہیے۔ لیکن یہ بات بھی مروّت اور عالی ظرفی کے خلاف ہے کہ اسے خالی ہاتھ لوٹا دیا جائے۔ حضور۔ اس کی بے تدبیری کو نظر انداز فرما کر کچھ نہ کچھ امداد ضرور کریں۔

دیکھا نہیں کسی نے پیاسے حجاز کے

ہوں جمع آبِ تلخ پہ زمزم کو چھوڑ کر
آتے ہیں سب ہی چشمۂ شیریں ہو جس جگہ
پیاسے کبھی نہ جائیں گے دریائے شور پر

وضاحت

اس حکایت میں حضرت سعدیؒ نے خیر اور بخشش کے بارے میں اہم نکات بیان فرمائے ہیں۔ (۱) جو لوگ صاحب اقتدار او آسودہ حال ہیں انھیں زیر دستوں کی امداد سے غافل نہ رہنا چاہیے (۲) یہ خیال رکھنا چاہیے کہ امداد سائل کے ظرف اور ضرورت سے زیادہ نہ ہو کہ وہ فضول خرچی کے گناہ سے بچا رہے (۳) جس شخص کو خدا نے اپنی نعمتوں سے نواز ہو اسے غیر مستحق لوگوں کے سوال پر بھی برہم نہیں ہونا چاہیے کیوں کہ ان کی شہرت کے باعث ضرورت مندوں کا ان کے پاس آنا ایک ضروری بات ہے بالکل یوں جسے شیریں پانی کے چشمے پر چرند پرند اور انسان سب جمع ہوتے ہیں (۴) سائل کو چاہیے کہ جب وہ صاحب اقتدار لوگوں سے سوال کرے تو اس بات پر ضرور غور کر لے کے اس کا مزاج برہم تو نہیں، کیونکہ ایسے لوگوں کا حال یہ ہوتا ہے کہ کبھی اچھی بات پر ناراض اور کبھی بری بات پر خوش ہو جاتے ہیں۔

***

حق گو درویش

بیان کیا جاتا ہے کہ حجاج بن یوسف کے زمانے میں ایک ایسے بزرگ تھے جن کی دعا

قبول ہوتی تھی۔ ایک دن حجاج نے ان بزرگ کی خدمت میں درخواست کی کہ میرے حق میں دعا فرمایئے۔ حجاج کی یہ بات سن کر بزرگ نے دعا کے لیے ہاتھ اٹھائے اور فرمایا، اے اللہ! اس شخص کو موت دے دے۔

حجاج یہ دعا سن کر بہت حیران ہوا اور شکایت کے لہجے میں بولا، آپ نے میرے حق میں یہ کیس دعا مانگی؟ بزرگ نے فرمایا، تیرے اور مسلمانوں کے لیے یہی دعا سب سے اچھی ہے۔ وہ اس لیے کہ جلد موت آجائے گی تو تیرا نامہ اعمال مزید سیاہ نہ ہو گا اور عام مسلمانوں کے لیے یوں کہ تو مر جائے گا تو انھیں ظلم و ستم سے نجات مل جائے گی

اے زبردست ستاتا ہے جو کمزوروں کو
کیا ہی اچھا ہو کہ اس ظلم سے تو باز آئے
لائق فخر نہیں تیری یہ شان و شوکت
ایسے جینے سے تو اچھا ہے کہ تو مر جائے

وضاحت

اس حکایت میں حضرت سعدیؒ نے مردان خدا کا پاکیزہ کردار پیش کیا ہے۔ تقویٰ اور نیکی کا یہ تصور کہ انسان گوشہ عافیت میں بیٹھ جائے بالکل غلط ہے۔ ایک سچے مومن کا عمل یہ ہونا چاہیے کہ وہ اپنی جان کی پروانہ کرتے ہوئے جابر سلطان کے سامنے کلمہ حق کہے

***

جوہر اصلی

کہتے ہیں، ایک بادشاہ کے کئی بیٹے تھے۔ اُن میں ایک کوتاہ قد اور معمولی شکل و صورت کا تھا اور اس وجہ سے اسے اپنے باپ کی ویسی توجہ اور شفقت حاصل نہ تھی جیسی اس کے دوسرے بھائیوں کو حاصل تھی۔

ایک دن بادشاہ نے اس پر نظر حقارت ڈالی تو شہزادے کا دل بے قرار ہو گیا۔ اس نے اپنے باپ سے کہا۔ بے شک انسان کی شکل صورت بھی لائق توجہ ہوتی ہے لیکن۔ سچ یہ ہے کہ انسانیت کا اصلی جوہر انسان کی ذاتی خوبیاں اور حسن سیرت ہے۔

آدمیت سے ہے بالا آدمی کا مرتبہ

پست ہمت یہ نہ ہو گو پست قامت ہو تو ہو

پس اے والد محترم، حقیر جان کر مجھے نظر انداز نہ فرمایئے بلکہ میری ان خوبیوں پر نظر ڈالیے جو اللہ پاک نے مجھے بخشی ہیں۔ اپنے بھائیوں کے مقابلے میں بیشک میں کم رو اور پست قامت ہوں، لیکن خدا نے اپنے خاص فضل سے مجھے شجاعت کا جوہر بخشا ہے۔ دشمن مقابلے پر آئے تو اس پر شیر کی طرح جھپٹتا ہوں اور اس وقت تک میدان جنگ سے باہر قدم نہیں نکالتا جب تک دشمن کو بالکل تباہ نہ کر دوں۔

بادشاہ نے اپنے بیٹے کی ان باتوں پر غور کرنے کی ضرورت محسوس نہ کی وہ یوں مسکرایا جیسے کسی نادان کی بات سن کر مسکراتے ہیں۔ اس کے بھائیوں نے کھلم کھلا اس کا مذاق اڑایا۔

خیر بات آئی گئی۔ یہ شہزادہ پہلے کی طرح زندگی گزارتا رہا۔ لیکن پھر کرنا خدا کا کیا ہوا کہ طاقت ور پڑوسی بادشاہ نے اس بادشاہ کے ملک پر حملہ کر دیا۔ عیش و عشرت میں

زندگی گزارنے والے شہزادے تو اس فکر میں پڑ گئے کہ اب ان کی جانیں کسی طرح بچیں گی۔ لیکن چھوٹے قد والا شہزادہ اپنے گھوڑے پر سوار ہو کر دشمن کے لشکر میں جا گھسا اور اپنی تیز تلوار سے کتنے ہی سپاہیوں کو قتل کر دیا۔ بادشاہ کو اس کی شجاعت کا حال معلوم ہوا تو اس کا بھی حوصلہ بڑھ اور وہ مقابلے کے لیے نکلا۔ بیان کیا جاتا ہے۔ کہ حملہ کرنے والے بادشاہ کے سپاہیوں کی تعداد بہت زیادہ تھی۔ گھمسان کی لڑائی شروع ہونے کے بعد دشمن کا دباؤ بڑھنے لگا اور بادشاہ کی فوج کے سپاہی اپنی صفیں توڑ کر بھاگنے لگے شہزادے نے یہ حالت دیکھی تو وہ گھوڑا بڑھا کر آگے آیا اور بھاگنے والوں کو غیرت دلائی بہادرو! ہمت سے کام لو دشمن کا خاتمہ کر دو۔ یاد رکھو! میدان جنگ سے بھاگنے والے مرد کہلانے کے حق دار نہیں۔ انھیں عورتوں کا لباس پہن کر گھروں میں بیٹھ جانا چاہیے۔"

شہزادے کی تقریر سن کر بھاگتے ہوئے سپاہی پلٹ آئے اور غصے میں بھر کر انھوں نے ایسا زور دار حملہ کیا کہ دشمن فوج میدان جنگ سے فرار ہونے پر مجبور ہو گئی۔ بادشاہ اپنے بیٹے کی بہادری دیکھ کر بہت خوش ہوا۔ اس نے اس کی خوب تعریف کی اور اعلان کر دیا کہ ہمارے بعد ہمارا یہی بیٹا تاج اور تخت کا ملک ہو گا۔ شہزادے کے دلی عہد بن جانے کی سب کو خوشی ہوئی لیکن اس کے بھائی حسد کی آگ میں جلنے لگے۔ اور انھوں نے اس کی زندگی کا خاتمہ کر دینے کا فیصلہ کر لیا۔

یہ فیصلہ کرنے کے بعد انھوں نے بہادر شہزادے کی دعوت کی اور کھانے میں زہر ملا دیا۔ اتفاق سے یہ بات شہزادی کو معلوم ہو گئی۔ جب شہزادہ کھانا کھانے لگا تو شہزادی نے زور سے کھڑکی بند کر کے یہ اشارہ دیا کہ یہ کھانا نہ کھانا صورت حال سے آگاہ ہو کر بہادر شہزادے نے کھانے سے ہاتھ کھینچ لیا اور اپنے حاسد بھائیوں سے کہا، مجھے یہ عزت

میری خوبیوں کی وجہ سے حاصل ہوئی ہے۔ اگر میں مر بھی جاؤں تو تم میری جگہ نہ لے سکو گے کیونکہ تمھارے اندر کوئی بھلائی نہیں۔ اگر ہما دنیا سے نابود بھی ہو جائے پھر بھی کوئی الّو کے سائے کو پسند نہ کرے گا۔

بادشاہ کو اس بات پتا چلا تو اس نے حاسد شہزادوں کو بہت ڈانٹا اور پھر اس فساد کو ختم کرنے کے لیے، جو سلطنت کی وجہ سے ان بھائیوں کے درمیان پیدا ہو گیا تھا، یہ تدبیر کی کہ شہزادوں کی تعداد کے مطابق ملک کو حصوں میں بانٹ کر ایک ایک شہزادے کو ایک ایک حصے کا مالک بنا دیا۔ بہادر شہزادے نے اس فیصلے کو دل سے قبول کر لیا۔

ایک نان خشک بھی پائے اگر مرد خدا
بانٹ کر کھائے اسے، یہ ہو گی اسکے دل میں چاہ
اوڑھ لیں گے ایک گدڑی ملک کے کتنے ہی فقیر
رہ نہیں سکتے مگر اک ملک میں دو بادشاہ

وضاحت

اس حکایت میں حضرت سعدیؒ نے سچی کامیابی اور حقیقی مسرت حاصل کرنے کے دو اہم گر بتائے ہیں۔ پہلا یہ کہ صحیح معنوں میں کامیابی کامرانی انسان کی اعلیٰ ذاتی صفات سے حاصل ہوتی ہے پست قدر شہزادہ اپنے گرانڈیل بھائیوں کے مقابلے میں وصف شجاعت کے باعث کامیاب ہو گیا۔ دوسرے یہ کہ سچی راحت اسی وقت حاصل ہو سکتی ہے جب انسان اپنے حق کی حفاظت کرنے کے ساتھ دوسروں کے حقوق بھی تسلیم کرے اور اپنے دل دماغ کر حرص سے پاک کرے، جیسا کہ درویشوں کا دستور ہے۔ بادشاہوں میں

چونکہ یہ خوبی نہیں ہوتی اس لیے ان کی ذات زیادہ تر فساد اور خونریزی کا باعث بنتی رہی۔

٭ ٭ ٭

کوتوال کا بیٹا

کہتے ہیں، بادشاہ اغلمش نے ایک بار کوتوال کے بیٹے کو دیکھا تو ہونہار بروا کے چکنے چکنے پات کے مترادف، اسے اپنے مصاحبین میں شامل کر لیا

یہ نیک فطرت نوجوان دانا بادشاہ کی توقعات کے عین مطابق ثابت ہوا وفاشعاری اور دیانت داری و شرافت میں وہ اپنی مثال آپ تھا۔ جو کام بھی اس کے سپرد کیا جاتا وہ اسے بحسن و خوبی انجام دیتا تھا۔

اس کی قابلیت اور شرافت کے باعث جہاں بادشاہ کی نظروں میں اس کی قدر منزلت زیادہ ہوتی چلی جا رہی تھی وہاں حاسدوں کی پریشانیوں اور دکھوں میں اضافہ ہوتا جاتا تھا۔ آخر انھوں نے صلاح مشورہ کر کے نوجوان کے سر ایک تہمت دھری اور بادشاہ کے کانوں تک یہ بات پہنچائی کہ حضور جس شخص کو ہر لحاظ سے قابل اعتبار خیال فرماتے ہیں وہ حد درجہ بد فطرت اور بد خواہ ہے۔

اگرچہ حاسدوں نے یہ سازش بہت خوبی سے تیار کی تھی اور انھیں یقین تھا کہ بادشاہ نوجوان کو قتل کروا دے گا لیکن دانا بادشاہ نے یہ بات محسوس کر لی کہ قصور نوجوان کا نہیں بلکہ حاسدوں کا ہے۔ چنانچہ اس نے جوان کو بلایا اور اس سے پوچھا، کیا وجہ ہے کہ لوگ تمہارے متعلق ایسی خراب رائے رکھتے ہیں۔

نوجوان نے جواب دیا، اس کا باعث اس کے سوا کچھ نہیں کہ حضور اس خاکسار پر

نوازش فرماتے ہیں۔ بس یہی بات ان کے لیے باعث حسد ہے

ہے ازل سے یہ حاسدوں کا چلن خوش نصیبوں کا چاہتے زوال

کیا قصور اس میں آفتاب کا ہے کہ کوئی کر سکے نہ کسب کمال

دیکھے اس کو اگر نہ چمگادڑ منبع نور کیوں ہو رو بہ زوال

وضاحت

حضرت سعدیؒ نے اس حکایت میں یہ درس دیا ہے کہ انسان میں اگر واقعی کوئی گن ہو تو وہ قدر دانی سے محروم نہیں رہتا ع

نگاہیں کاملوں پر پڑ ہی جاتی ہیں زمانے میں

دوسرے یہ کہ اگر خوش بختی سے کسی کو عروج حاصل ہو تو اسے بد خواہوں اور حاسدوں کی طرف سے بے پروا نہیں ہونا چاہیے۔ اس کے علاوہ تیسری بات یہ کہ اگر کسی کے بارے میں یہ بتایا جائے کہ اس نے یہ جرائم کیے ہیں تو تحقیق کیے بغیر رائے قائم نہیں کرنی چاہیے۔

***

نو عمر ڈاکو

بیان کیا جاتا ہے، ملک عرب میں ڈاکوؤں کے ایک گروہ نے ایک پہاڑ کی چوٹی پر محفوظ ٹھکانا بنا لیا تھا۔ وہ اپنی کمین گاہ میں بیٹھے رہتے اور جیسے ہی کوئی قافلہ ادھر سے گزرتا پہاڑ سے اتر کر اسے لوٹ لیتے خلق خدا ان کے ہاتھوں بہت پریشان تھی۔

ڈاکوؤں کا یہ ٹھکانا کچھ ایسا محفوظ تھا کہ انھیں پکڑنے کی کوئی کوشش کامیاب نہ ہوتی تھی۔ جو بھی ان کی طرف آتا تھا، وہ دور ہی سے دیکھ کر چھپ جاتے تھے۔ جب ان کا ظلم حد سے بڑھ گیا تو بادشاہ نے ایک ہوشیار جاسوس کو ان کی گرفتاری کے کام پر مقرر کیا۔ یہ جاسوس ایک جگہ چھپ گیا اور جب یہ خطرناک ڈاکو ڈاکا ڈالنے کے لیے چلے گئے تو اس نے شاہی فوج کو خبر دے دی۔ فوج کے جوان پہاڑ کی چوٹی پر پہنچ کر چھپ گئے۔

ڈاکو ڈاکا ڈال کر واپس آئے تو لمبی تان کر سو گئے۔ ان میں سے کسی کو بھی یہ گمان نہ تھا کہ ہم موت کے جال میں پھنس چکے ہیں۔ فوج کے جوانوں کو جب اطمینان ہو گیا کہ ڈاکو سو گئے ہیں تو انھوں نے سب ڈاکوؤں کو مضبوط رسیوں سے جکڑ کر بادشاہ کے دربار میں پیش کر دیا اور بادشاہ نے فوراً ہی حکم سنا دیا کہ ان سب کو قتل کر دیا جائے۔

ان ڈاکوؤں میں ایک نوجوان بھی تھا جس کی شکل بہت بھولی بھالی تھی۔ بادشاہ کے وزیر نے اس نوجوان کو دیکھا تو اسے اس کے اوپر بہت ترس آیا۔ اس نے سوچا، کیا اچھی بات ہو جو اس نوجوان کی جان بچ جائے۔ یہ سوچ کر اس نے بادشاہ سے سفارش کی کہ حضور والا، اس نوجوان پر رحم فرمائیں اور اس کی جان بخشی کر دیں۔ ابھی تو اس نے زندگی کی چند بہاریں ہی دیکھی ہیں۔ اس کی تعلیم و تربیت کا اچھا انتظام کر دیا جائے تو امید ہے۔ یہ ایک اچھا انسان بن جائے گا۔

بادشاہ کو اپنے وزیر کی یہ بات پسند نہ آئی۔ اس نے کہا، تعلیم و تربیت سے انسان کی فطرت نہیں بدلا کرتی۔ یہ ڈاکوؤں کے خطرناک گروہ میں شامل تھا اس لیے یہ ضروری ہے کہ ڈاکوؤں کے ساتھ اسے بھی قتل کر دیا جائے۔ یہ عقلمندی نہیں کہ انسان آگ بجھائے اور انگارے کو چھوڑ دے یا سانپ کو مارے اور سپولیے کو زندہ رہنے دے۔

وزیر نے بادشاہ کی اس بات کی تائید کی اور کہا، بے شک حضور نے بجا فرمایا۔ لیکن موقع دیکھ کر ایک بار پھر نوجوان کی سفارش کی اور کہا۔ اس نوجوان کی عادتیں واقعی اچھی نہیں۔ لیکن یہ بُری عادتیں اس نے بُرے لوگوں میں رہنے کی وجہ سے اپنائی ہیں۔ اب اچھے لوگوں کے ساتھ رہے گا تو اچھا بن جائے گا۔

بادشاہ اپنے وزیر کی یہ بات سن کر خاموش ہو گیا اور وزیر نے ڈاکو نوجوان کو آزاد کر کے اس کی تعلیم و تربیت کا بہت اچھا انتظام کر دیا۔

کہتے ہیں، یہ نوجوان کچھ دن تو ٹھیک رہا لیکن پھر اوباش لوگوں میں اٹھنے بیٹھنے لگا اور ایک دن نیک دل وزیر اور اس کے بیٹوں کو قتل کر کے اور اس کے گھر کا مال متاع لوٹ کر بھاگ گیا اور اسی پہاڑی چوٹی کو اپنا مسکن بنا لیا جس پر اس کے ساتھیوں نے قبضہ کر رکھا تھا۔

بادشاہ کو اس واقعے کی اطلاع ملی تو اس نے بہت افسوس کیا اور کہا جو برے ہیں، بہترین تربیت سے بھی ان کی اصلاح نہیں ہوتی۔ اچھے سے اچھے کاریگر بھی برے لوہے سے عمدہ تلوار نہیں بنا سکتا۔

بادل سے برستا ہے جو پانی، وہ ایک ہے
لیکن زمیں کو ایک سا دیتا نہیں لباس
برسے جو باغ پر تو اگیں لالہ د شمن
بنجر زمیں پہ اگتی ہے لے دے کے صرف گھاس

وضاحت

حضرت سعدیؒ نے اس حکایت میں اس حقیقت کی طرف اشارہ کیا ہے کہ بد اصل سے بھلائی کی توقع نہ رکھنی چاہیے۔ مشہور مقولہ ہے اصل سے خطا نہیں، کم اصل سے وفا نہیں۔ مزید یہ کہ کتے کی دم کو سو برس بھی نلکی میں رکھا جائے، جب نکالیں گے ٹیڑھی ہو گی۔ یہاں یہ بات بطور خاص سمجھنے کے قابل ہے کہ مشرق کا یہ نامور مفکر اس بات کا ہر گز قائل نہیں کہ انسانوں کی کچھ نسلیں شریف اور کچھ ذلیل ہیں، جیسا کہ عام نسل پرست لوگ خیال کرتے ہیں۔ بلکہ اس کا اشارہ انسانوں یا افراد کے شریف اور خبیث ہونے کی طرف ہے جیسا کہ ہم اپنی دنیا میں دیکھتے ہی َایک شخص بے گناہوں کو ستا کر خوش ہوتا ہے اور دوسرا مظلوموں کی اعانت میں اپنی جان قربان کر دینے کو بھی ایک معمولی بات خیال کرتا ہے۔

انسانوں کی فطرتیں ایسی متضاد اور متصادم کیوں ہیں؟ یہ ایک الگ بحث ہے۔ لیکن اس بات سے انکار ممکن نہیں کہ ایسا ہے اور سعدی یہی کہتے ہیں کہ جو لوگ اپنی خباثتوں میں پختہ ہو چکے ہیں، انتہائی کوشش اور حسن سلوک سے بھی ان کی اصلاح ممکن نہیں۔

***

رموز مملکت

کہتے ہیں، شاہ ایران ہرمز تخت حکومت پر بیٹھا تو اس نے اپنے باپ کے زمانے کے امیروں، وزیروں کو قید کر دیا۔ یہ صورت حال دیکھ کر بادشاہ کے ایک معتمد نے سوال کیا کہ آپ نے ایسا کیوں کیا؟ بظاہر ان کی کوئی خطا نہ تھی!

ہرمز نے جواب دیا کہ بے شک ان سے کسی نے بھی ایسا کوئی کام نہ کیا تھا کہ اسے جرم قرار دیا جاسکتا لیکن میں نے یہ بات محسوس کی کہ وہ مجھ سے بہت خوف کھاتے تھے اور جو کچھ میں کہتا تھا اس پر پوری طرح یقین نہ کرتے تھے۔ میں نے ان کی اس حالت کو اپنے لیے خطرہ خیال کیا۔ گمان گزرا کہ کہیں مل کر میرے قتل پر آمادہ نہ ہو جائیں۔ چنانچہ میں نے فوراً دانشمندوں کے اس اصول پر عمل کیا کہ جو تجھ سے ڈرتا ہے، تو بھی اس سے خوف کھا۔ نہیں کہا جاسکتا کہ اپنے دل میں سمائے ہوئے خوف کی وجہ سے وہ تیرے ساتھ کیا سلوک کر گزرے

اک حقیر و ناتواں بھی تجھ سے گر کھاتا ہے خوف

اے برادر مرد دانا ہے تو تو بھی اس سے ڈر

کہتے ہیں اس خوف سے ڈستا ہے چرواہے کو سانپ

جیسے ہی دیکھا کچل ڈالے گا ظالم میر اسر

تو یہ دیکھے گا کہ ایک بلی بھی آ جائے جو تنگ

نوچ لے گی شیر کی آنکھیں وہ پنجے مار کر

وضاحت

حضرت سعدیؒ نے اس حکایت میں سیاست کا ایک اہم اصول بیان کیا ہے۔ حکمران کے لیے یہ بات بہت ضروری ہے کہ وہ صرف ان لوگوں کو معتمد بنائے جو اس سے محبت کرتے ہوں یہ نظریہ بہت ہی ناقص ہے کہ رعب میں رہنے والے اور دب جانے والے لوگ زیادہ مفید ثابت ہوتے ہیں بے شک ایسے لوگ اپنی ریاکارانہ اطاعت شعاری اور

مدح سرائی کے باعث بہت بھلے لگتے ہیں لیکن جیسے ہی موقع پاتے ہیں، اپنی اہانت کا بدلہ لینے پر آمادہ ہو جاتے ہیں۔

٭٭٭

ظالم بادشاہ کو نصیحت

حضرت سعدیؒ بیان فرماتے ہیں، میں دمشق کی جامع مسجد میں حضرت یحیٰؑ علیہ السلام کے مزار پر اعتکاف میں بیٹھا تھا کہ ایک دن عرب کا بادشاہ وہاں آیا اور نماز ادا کرنے کے بعد دعا میں مشغول ہو گیا۔

اس بادشاہ کے بارے میں یہ بات مشہور تھی کہ وہ رعایا کے ساتھ بہت سخت کا برتاؤ کرتا ہے۔ دعا سے فارغ ہو کر وہ میری طرف متوجہ ہوا اور کہا کہ ایک دشمن کی طرف سے مجھے بہت خطرہ ہے آپ میرے حق میں دعا فرمایئے کہ بزرگوں کی دعائیں قبول ہوتی ہیں۔

میں نے بادشاہ کی بات سنی تو اس سے کہا کہ یہ بہت بڑا گناہ ہے کہ ایک طاقت در شخص کسی کمزور غریب کا پنجہ مروڑے جو شخص عاجزوں پر رحم نہیں کرتا کیا وہ اس بات سے نہیں ڈرتا کہ کبھی اس پر بھی برا وقت آسکتا ہے اور اگر ایسا وقت آجائے تو اس کے ظلم کی وجہ سے کوئی بھی اس کی مدد کرنہ آئے گا۔ جس نے بیج تو بدی کا بویا اور امید باندھی اور اپنے دماغ میں ایک بیہودہ خیال بسایا۔ اسے بادشاہ! اپنے کانوں سے غفلت کی روئی نکال اور اپنی رعایا کے ساتھ انصاف کر یاد رکھ اگر تونے انصاف نہ کیا تو انصاف کا ایک دن مقرر ہے تو اپنے اعمال کی پاداش سے بچ نہ سکے گا۔

نسل آدمؑ کے سب افراد ہیں بھائی بھائی
ایک جوہر ہی سے تخلیق ہوئی ہے سب کی
بد نصیبی سے جو ایک عضو ہو وقف آزار
ہو نہیں سکتا کہ باقی رہے اوروں کا قرار
تو اگر اوروں کی زحمت پہ پریشاں نہ رہے
صاحب خیر و شرف، بندۂ یزداں نہ رہے

وضاحت

حضرت سعدیؒ نے اس حکایت میں مصائب سے نجات حاصل کرنے کا زرین اصول بتایا ہے اور وہ یہ کہ جو شخص عافیت کا خواہاں ہے وہ رحم و کرم اور انصاف کو اپنا شیوہ بنائے اور اس بات کو سچے دل سے تسلیم کرے کہ انسان خواہ زمیں کے کسی بھی حصے میں آباد ہوں اور رنگ و نسل میں چاہے کتنا بھی اختلاف نظر آئے سب آدم کی اولاد اور بھائی بھائی ہیں۔

***

عقلمند شہزادہ

کہتے ہیں، ایک شہزادہ اپنے باپ کے مرنے کے بعد تخت حکومت پر بیٹھا تو اس نے حاجت مندوں کی امداد کے لیے اپنے خزانے کے دروازے کھلوا دیے جو شخص بھی سوالی بن کر آتا، شہزادہ اس کی ضرورت کے مطابق اس کی امداد کرتا، نئے بادشاہ کا یہ رویہ دیکھا

تو ایک روز وزیر نے مناسب موقع دیکھ کر خیر خواہی جتانے کے انداز میں کہا کہ حضور والا پہلے بادشاہوں نے یہ خزانہ بہت توجہ اور دانشمندی سے جمع کیا ہے۔ اسے یوں لٹا دینا مناسب نہیں۔

بادشاہ کو کسی وقت بھی خطرات سے غافل نہیں ہونا چاہیے۔ کیا کہا جا سکتا ہے کہ آیندہ کیا واقعات پیش آئیں۔ اگر حضور والا اپنا سارا خزانہ بھی تقسیم کر دیں تو رعایا کے حصے میں ایک ایک جو کے برابر آئے گا لیکن۔ اگر حضور رعایا کے لوگوں سے ایک ایک جو کے برابر سونا لیں تو حضور کا خزانہ بھر جائے گا۔

بظاہر یہ بات بہت خیر خواہی کی تھی لیکن شہزادے کو بالکل پسند نہ آئی اس نے کہا خدا نے مجھے اپنے فضل سے ایک بڑی سلطنت کا وارث بنایا ہے میرا یہ کام نہیں کہ مال جمع کرنے کی دھن میں لگ جاؤں بادشاہ کا فرض رعایا کو خوشحال بنانا ہے۔ خزانے پر سانپ بن کر بیٹھنا نہیں ہے۔

قارون ہوا ہلاک خزانوں کے باوجود
نوشیرواں ہے زندہ و جاوید عدل سے
ڈبّے میں ہے گر بند تو بے فیض ہے عود
خوشبو اڑے جب آتش سوزاں میں جلائیں
ملتی ہے بزرگی تو فقط جود و سخا سے
دانہ ہو اگر کاشت تو کھلیان سجائیں

وضاحت

اس حکایت میں حضرت سعدیؒ نے یہ نکتہ بیان کیا ہے کہ سلطنت اور اقتدار کو دوام خزانوں سے نہیں بلکہ لوگوں کو خوشحال بنانے سے ملتا ہے۔ یہ سراسر سطحی سوچ ہے کہ زیادہ مال دار لوگ زیادہ عزت پاتے ہیں اور مال کی قوت سے ان کا اقتدار مستحکم ہوتا ہے۔ حقیقت یہ ہے کہ سخاوت اور عدل و انصاف کے باعث دلوں میں جو محبت پیدا ہوتی ہے وہ اقدار اور عزت کو دوام بخشتی ہے۔

***

عقلمند سیاح

حضرت سعدیؒ بیان فرماتے ہیں کہ سیاحوں کی ایک جماعت سفر پر روانہ ہو رہی تھی۔ میں نے خواہش ظاہر کی کہ مجھے بھی ساتھ لے چلو۔ انھوں نے انکار کیا۔ میں نے انھیں یقین دلایا میں آپ حضرات کے لیے مصیبت اور پریشانی کا باعث نہ بنوں گا بلکہ جہاں تک ہو سکے گا خدمت کروں گا لیکن وہ پھر بھی رضامند نہ ہوئے۔

سیاحوں میں سے ایک شخص نے کہا بھائی ہمیں معاف ہی رکھو۔ اس سے پہلے رحم دلی کے باعث ہم سخت نقصان اٹھا چکے ہیں۔ کچھ عرصہ پہلے تمھاری طرح ایک شخص ہمارے پاس آیا اور ساتھ سفر کرنے کی اجازت مانگی کیا اور ساتھی بنالیا۔ سفر کرتے کرتے ہم لوگ ایک قلعے کے پاس پہنچے تو آرام کرنے کے لیے ایک موزوں جگہ ٹھہر گئے اور جب سونے کے لیے اپنے بستروں پر لیٹے تو اس شخص نے یہ کہہ کر ایک سیاح سے پانی کی چھاگل لی کہ میں پیشاب پاخانے کے لیے جانا چاہتا ہوں چھاگل لے کر وہ قلعے میں جا گھسا اور وہاں سے قیمتی سامان چرا کر رفو چکر ہو گیا۔ قلعے والوں کو چوری کا پتا چلا تو انھوں نے ہم لوگوں پر

شک کیا اور پکڑ کر قید کر دیا۔ بڑی مشکل سے نجات ملی۔ سعدیؒ فرماتے ہیں کہ میں نے سیاح کا شکریہ ادا کر کے کہا کہ اگر چہ مجھے آپ کا ہمسفر بننے کی عزت حاصل نہیں ہو سکی لیکن آپ نے جو اچھی باتیں سنائیں ان سے مجھے بہت فائدہ حاصل ہوا سچ ہے ایک مچھلی سارے تالاب کو گندہ کر دیتی ہے۔

سب کو افسردہ کریں پوچ خیالات اس کے
سگ ناپاک اگر حوض میں گر جائے کبھی
اس کی ناپاکی بدل دینی ہے حالات اس کے

وضاحت

حضرت سعدیؒ نے اس حکایت میں ایک نہایت ہی لطیف نکتہ بیان کیا ہے اور وہ یہ کہ گناہ کرنے والے کا فعل صرف اسی کی ذات تک محدود نہیں ہوتا۔ جن لوگوں کو وہ براہ راست نقصان پہنچاتا ہے، ان کے علاوہ نہ جانے اور کتنے لوگ اس کی غلط کاری کے باعث جائز فائدوں سے محروم ہو جاتے ہیں۔ لوگ کسی فریب کار کے ہاتھوں نقصان اٹھا کر شریف اور مستحق لوگوں کا بھی اعتبار نہیں کرتے۔

***

اچھا مشورہ

بیان کیا جاتا ہے کہ ملک مصر کے شہر سکندریہ میں ایک بار بہت سخت قحط پڑا۔ کافی عرصہ بارش نہ ہونے سے زمیں جھلس گئی اور فصلیں برباد ہو گئیں۔ لوگ پانی کے ایک

گھونٹ اور روٹی کے ایک نوالے کے لیے بارے مارے پھرنے لگے۔

ایسے سختی کے دنوں میں شہر کے ایک ہیجڑے نے لنگر جاری کر دیا۔ بھوکے اس کے دروازے پر جاتے تھے اور پیٹ بھر کر لوٹتے تھے۔ ایسے حالات میں درویشوں کی حالت تو اور بھی خراب تھی۔ چنانچہ رزق کی تنگی سے گھبرا کر خدا رسیدہ بزرگوں کے ایک گروہ نے اس ہیجڑے سے امداد لینے کا ارادہ کیا اور سعدیؒ سے مشورہ طلب کیا کہ حضرت ہمیں بتائیے کہ اس ہیجڑے سے امداد لینا موزوں رہے گا نہیں؟

سعدیؒ فرماتے ہیں، نے زوردار لفظوں میں کہا کہ آپ حضرات دل میں اس قسم کا خیال بھی نہ لائیے۔

ہو نحیف و ناتواں، اور جاں بلب گو بھوک سے
شیر کتے کا جھوٹا کھا نہیں سکتا کبھی
گندگی کے ڈھیر سے لیتے نہیں خوددار رزق
متقی سفلے کے در پر جا نہیں سکتا کبھی

وضاحت

حضرت سعدیؒ نے اس حکایت میں یہ بات واضح کر دی ہے۔ کہ حصول رزق اور حاجات پوری کرنے کے سلسلے میں شرفا کو وہ پستی ہرگز اختیار نہیں کرنی چاہیے جو جانوروں کا خاصہ ہے۔ انسان کے اشرف المخلوقات ہونے کا ایک ثبوت یہ بھی ہے کہ انتہائی ضرورت اور تکلیف کے وقت بھی وہ جائز اور ناجائز اور حلال اور حرام کا خیال رکھتا ہے۔ جو لوگ یہ احتیاط نہیں کرتے، جانوروں کی صف میں شامل ہو جاتے ہیں۔

***

عجمی طبیب

روایت ہے، عجم کے ایک عیسائی بادشاہ نے عقیدت ظاہر کرنے کے خیال سے اپنے ملک کے ایک نامور طبیب کو حضرت رسول اللہ صلی اللہ علیہ و آلہٖ وسلم کی خدمت اقدس میں اس خیال سے بھیجا کہ وہ مدینہ شریف میں رہ کر بیمار مسلمانوں کا علاج معالجہ کرے۔

اس طبیب کو مدینہ شریف میں رہنے کی اجازت مل گئی اور وہ مطب کھول کر وہاں رہنے لگا لیکن کتنے نے ہی دن گزر گئے ایک مسلمان بھی علاج کرانے کے خیال سے اس کے مطب میں نہ آیا۔ طبیب نے اپنے طور پر خیال کیا کہ شاید یہ لوگ میرے عیسائی ہونے کی وجہ سے مجھ سے علاج نہیں کراتے۔ چنانچہ وہ حضرت رسول اللہ صلی اللہ علیہ وسلم کی خدمت میں حاضر ہوا اور اس بات کی شکایت کی کہ مسلمان مجھ سے نفرت کرتے ہیں اور اس وجہ سے علاج نہیں کراتے۔ حضرت رسول اللہ صلی علیہ و آلہٖ وسلم نے فرمایا، ایسی بات ہر گز نہیں بلکہ صحیح صورت یہ ہے کہ لوگ بیماری نہیں ہوتے اور ان کے تندرست رہنے کی خاص وجہ یہ ہے کہ جب تک خوب بھک نہ لگے کھانے کی طرف ہاتھ نہیں بڑھاتے اور جب کچھ بھوک باقی ہوتی ہے تو دستر خوان سے اٹھ جاتے ہیں۔

حضور اقدس صلی اللہ علیہ و آلہٖ وسلم کہ یہ ارشاد مبارک سن کر طبیب مطمئن ہو گیا۔ اس کی سمجھ میں یہ بات آگئی کہ مدینہ شریف کے مسلمان علاج کی غرض سے اس کے مطب میں کیوں نہیں آتے۔

بولنے میں اور کھانے میں اگر ہو اعتدال

معتبر بنتا ہے انساں، محترم رہتی ہے جان
خیق میں پھنستے ہیں ہم بے اعتدالی کے سبب
ہو اگر محتاط تو گھٹتی نہیں انساں کی شان

وضاحت

حضرت سعدیؒ نے اس حکایت میں باعزت اور تندرست رہنے کا زریں گر بتایا ہے۔ دنیا کے تمام دانشمند اس بات پر متفق ہیں کہ کم کھانے کم بولنے اور کم سفر کرنے والے لوگ فائدے میں رہتے ہیں۔ یہ سب باتیں یقیناً ضروری ہیں لیکن ان کا اصل فائدہ اس وقت پہنچتا ہے جب اعتدال اور احتیاط کا راستہ اختیار کیا جائے۔

***

اپنا محاسبہ آپ

بیان کیا جاتا ہے، ایک مسافر اتفاقاً خدارسیدہ لوگوں کے حلقے میں پہنچ گیا اور ان کی اچھی صحبت سے اسے بہت زیادہ فائدہ پہنچا۔ اس کی بُری عادتیں چھوٹ گئیں اور نیکی میں لذت محسوس کرنے لگا۔

یہ انقلاب یقیناً بے حد خوش گوار تھا۔ لیکن حاسدوں اور بدخواہوں کے دلوں کو کون بدل سکتا ہے۔ اس شخص کے مخالفوں نے اس کے بارے میں مشہور کر دیا کہ اس کا نیکی کی طرف راغب ہو جانا تو محض دنیا کو دکھانے کے لیے ہے۔ اس بات سے اسے بہت صدمہ پہنچا چنانچہ وہ ایک دن اپنے مرشد کی خدمت میں حاضر ہوا مرشد نے کہا کہ یہ تو

بہت اچھی بات ہے کہ تیرے مخالف تجھے جیسا بتاتے ہیں، تو ویسا نہیں۔ صدمے کی بات تو یہ ہوتی کہ تو اصلا برا ہوتا اور لوگ تجھے نیک اور شریف بتائے۔

شکر اس نعمت کا اس حال سے بہت ہے تو
مبتلا جس میں بناتے ہیں تجھے تیرے حریف
یہ کہیں بہتر ہے نیکی کر کے بد مشہور ہو
یہ تباہی ہے کہ بد ہو اور تجھے سمجھیں شریف

وضاحت

اس حکایت میں حضرت سعدیؒ نے نہایت لطیف پیرائے میں اپنا محاسبہ آپ کرتے رہنے کی تعلیم دی ہے۔ اپنے بارے میں اہل دنیا کی رائے کو ہر گز قابل اعتبار نہیں سمجھنا چاہیے۔ یہاں تو اچھوں کو بڑا اور بڑوں کو اچھا کہنے کا رواج ہے اس کے علاوہ دوسری بہت ہی عمدہ بات یہ بتائی ہے کہ برائی کر کے اچھا مشہور کرنے کی خواہش کے مقابلے میں یہ بات ہر لحاظ سے مستحسن ہے کہ انسان اچھا ہو اور لوگ اسے برا خیال کریں۔

***

باپ کی نصیحت

بیان کیا جاتا ہے، ایک فقیہہ نے اپنے باپ سے کہا یہ متکلم باتیں تو ہت لچھے دار کرتے ہیں لیکن ان کا عمل ان کے قول کے مطابق نہیں ہوتا۔ دوسروں کو یہ نصیحت کرتے ہیں کہ دنیا سے دل نہیں لگانا چاہیے لیکن خود مال و دولت جمع کرنے کی فکر سے فارغ

نہیں ہوتے۔ ان کا حال تو قرآن مجید کی اس آیت کے مطابق ہے (تم لوگوں کو تو بھلائی اختیار کرنے کی تاکید کرتے ہو لیکن اس سلسلے میں اپنی حالت پر کبھی غور نہیں کرتے)۔

باپ نے کہا۔ اے بیٹے! اس خیال کو ذہن سے نکال دے کہ جب تک کوئی عالم با عمل نہیں ملے گا تو نصیحت پر کان نہ دھرے گا بھلائی اور نیکی کی بات جہاں سے بھی سنے اسے قبول کر۔ اس نابینا شخص جیسا بن جانا مناسب نہیں جو کیچڑ میں پھنس گیا تھا اور کہہ رہا تھا کہا اے برادران اسلام! جلد سے میرے لیے ایک چراغ روشن کر دو۔ اس کی یہ بات سنی تو ایک خاتون نے کہا کہ جب تجھے چراغ ہی دکھائی نہیں دیتا تو اس کی روشنی سے کس طرح فائدہ حاصل کرے گا؟ اسے بیٹے! واعظ کی محفل بازار کی دکان کی طرح ہے کہ جب تک نقد قیمت ادا نہ کی جائے جنس ہاتھ نہیں آتی۔ اسی طرح عالم کے ساتھ عقیدت شرط اوّل ہے۔ دل میں عقیدت نہ ہو گی تو اس کی بات دل پر اثر نہ کرے گی۔ نصیحت تو دیوار پر بھی لکھی ہوئی ہو تو قابل قبول ہوتی ہے۔

ہر نصیحت بگوش ہوش سنو
دیکھو دیوار پر لکھا کیا ہے
یہ نہ دیکھو کہ کون کہتا ہے
غور اس پر کرو کہا کیا ہے

وضاحت

حضرت سعدیؒ نے اس حکایت میں اصلاح نفس کے لیے یہ زریں گر بتایا ہے کہ جن لوگوں سے کچھ حاصل کرنا ہو اان میں عیب تلاش کرنے کی کوشش نہیں کرنی چاہیے علم

حاصل کرنے کا انحصار تو کلیہ عقیدت اور ادب پر ہی ہے۔ نصیحت بھی اس وقت تک دل پر اثر نہیں کرتی جب تک سننے والا عقیدت سے نہ سنے اس کے علاوہ یہ بات بھی ہمہ وقت ذہن میں رکھنے کے قابل ہے کہ بے نیت ذات تو صرف اللہ پاک کی ہے۔ عیب ڈھونڈنے کی نظر سے دیکھا جائے تو اچھے اچھے آدمی میں بھی کوئی خامی نکل آئے گی۔

❊ ❊ ❊

بد آواز قوال

حضرت سعدیؒ بیان کرتے ہیں کہ میرے استاد حضرت ابو الفرج بن جوزی رحمۃ اللہ علیہ قوالی سننے کے خلاف تھے، جسے صوفی لوگ سماع کہتے ہیں اور روحانی ترقی کے لیے جائز سمجھتے ہیں۔ ادھر نو عمری کے جذبات کی وجہ سے مجھے ایسی محفلوں میں جانے کا بہت شوق تھا اور میں اپنے استاد کی نصیحت کو نظر انداز کر کے چوری چھپے ایسی محفلوں میں شریک ہوتا رہتا تھا۔

ایک رات کا ذکر، میں ایک محفل میں شریک ہوا تو وہاں ایک ایسا گویا گا رہا تھا جس کی آواز بہت خراب تھی اور جو گانے کے فن سے بھی آشنا نہ تھا۔ حاضرین میں سے ہر شخص اس کا گانا سن کر بیزار ہو رہا تھا۔ خود میرا بھی یہی حال تھا: دل چاہتا تھا کہ محفل سے نکل بھاگوں لیکن محفل کے آداب کا خیال کر کے بیٹھا تھا۔

خدا خدا کر کے اس بد آواز گویے نے گانا ختم کیا اور لوگوں نے اطمینان کا سانس لیا۔ انعام و اکرام دینے کا معاملہ تو رہا ایک طرف، کسی کے منہ سے تعریف کا ایک لفظ نہ نکلا۔ لیکن میں جلدی سے آگے بڑھا، اپنا عمامہ اتار کر اس کے سر پر رکھ دیا۔ کمر سے دینار نکال

کر اسے دیے اور پھر نہایت گرم جوشی سے اس سے بغل گیر ہو گیا۔

حاضرین نے میری اس حرکت کو بہت حیرت سے دیکھا۔ ایک صاحب نے پوچھا، بھلا آپ کو اس شخص کے گانے میں کون سی خوبی دکھائی دی جو اس کی عزت بڑھائی؟ ہم نے اج تک نہی دیکھا کہ کسی محفل سے اسے چاندی کا ایک ٹکڑا بھی ملا ہو۔

میں نے کہا، جو کچھ بھی ہو، مجھ پر تو اس شخص کی کرامت ظاہر ہو گئی۔ سوال کیا گیا۔ وہ کیا؟ میں نے جواب دیا، میرے استاد محترم علامہ ابن جوزیؒ نے مجھے بارہا منع کیا ہے کہ میں سماع کی محفلوں میں شریک نہ ہوا کروں لیکن اس حکم پر عمل نہ کرتا تھا۔ الحمد اللہ آج اس شخص کا گانا سن کر میرے دل کی حالت بدل گئی اور آیندہ میں سماع کی محفلوں میں کبھی شامل نہ ہو گا۔

اچھی آواز بھی انعام ہے اس خالق کی
جب بھی کانوں میں پڑے دل کو لبھا لیتی ہے
گانے والا جو برا ہو تو حجازی لے بھی
سننے والے کی سماعت پہ گراں ہوتی ہے

***

بدمست شرابی

بیان کیا جاتا ہے۔ ایک مرد دانا کہیں جا رہا تھا۔ راستے میں اس نے ایک جگہ ایک شرابی کو دیکھا جو زمین پر بے سدھ پڑا تھا۔ اسے اس حالت میں دیکھ کر وہ شخص بہت متاسف ہوا اور اس کے قریب رک کر اسے نفرت بھری نظروں سے دیکھنے لگا

اتفاق سے اس وقت وہ بد مست بھی کسی قدر ہوش میں آیا۔ ایک شخص کو اپنی طرف نفرت سے دیکھتے پایا تو بولا (جب وہ کسی ایسے مقام سے گزرتے ہیں جہاں بے ہودگی کی کوئی بات ہو تو دامن بچا کر شائستگی سے گزر جاتے ہیں)

تو جو اچھا ہے تو نفرت سے نہ دیکھ ان کو
کبھی اپنی جانوں پہ کیا کرتے ہیں جو ظلم مدام
فرض تو یہ ہے کہ ایسوں کی کرے کچھ امداد
یہ نہ ممکن ہو تو کر دور سے ان کو سلام

وضاحت

حضرت سعدیؒ نے اس حکایت میں معاشرے کی اصلاح اور بری عادتوں میں مبتلا لوگوں کو راہ راست پر لانے کا بہت ہی گہرا اصول بتایا ہے۔ وہ یہ ہے کہ اگر کوئی شخص کسی برائی میں گرفتار نظر آئے تو اس طبیب کی طرح جو مریض سے نہیں ایسے لوگوں کو برا بھلا کہتا اور لعن طعن کرتا جو انھیں برائیوں میں اور پختہ کر دیتا ہے اس کے مقابلے میں حسن سلوک ان پر شرمندگی کی کیفیت طاری کر دیتا ہے جو پانی حالت کو اچھا بنانے کے عزم کی صورت اختیار کر سکتا ہے۔

***